POEMA

Perdi o trem o amor
Perdi a saúde a rota a fala
Perdi a magia o encanto a razão
Perdi o medo a coragem o mistério

Perdi tempo e sonhos
Perdi fantasias e batalhas
alegrias e vergonhas
fomes sedes e horizontes

Ainda carrego migalhas
e conchas dentro do peito
Ainda carrego farelos
e oceanos dentro do peito

Ainda consigo voar
entre nuvens e manhãs
Ainda carrego poemas nos bolsos
e olhos banhados de oceanos

Vou ficar mais um tanto por aqui
até ver e sentir que a vida
é muito mais que isso
bem mais linda que isso

NOTA
Rascunho no corredor do hospital,
aguardando a tomografia
que revelará o miolo da minh'alma
e os porões da embarcação

Mario Pirata

26 de março de 2025

Libretos

POEMA

Perdi o trem o amor
Perdi a saúde a rota a fala
Perdi a magia o encanto a razão
Perdi o medo a coragem o mistério

Perdi tempo e sonhos
Perdi fantasias e batalhas
alegrias e vergonhas
fomes sedes e horizontes

Ainda carrego migalhas
e conchas dentro do peito
Ainda carrego farelos
e oceanos dentro do peito

Ainda consigo voar
entre nuvens e manhãs
Ainda carrego poemas nos bolsos
e olhos banhados de oceanos

Vou ficar mais um tanto por aqui
até ver e sentir que a vida
é muito mais que isso
bem mais linda que isso

NOTA
Rascunho no corredor do hospital,
aguardando a tomografia
que revelará o miolo da minh'alma
e os porões da embarcação

Mario Pirata

26 de março de 2025

CIO
MA
CIO

Grafia atualizada segundo o Acordo Ortográfico da Língua Portuguesa de 1990, que entrou em vigor no Brasil em 2009, exceto situações a pedido do autor.

Coordenação editorial e design gráfico
Clô Barcellos

Revisão
Beto Arreguy

Impressão
Pallotti

Dados Internacionais de Publicação na Catalogação (CIP)
Daiane Schramm CRB-10/1881

P667c Pirata, Mario
CIOMACIO: tankas / haicais / haikus / pequenos versos / inventorias. / Mario Pirata. – Porto Alegre: Libretos, 2025.
112p.; 13x20cm
ISBN 978-85-5549-066-8
1. Literatura Brasileira. 2. Poesia. I. Título.

CDD B869
CDU 82

Catálogo sistemático
Poema: CDD B869

Libretos
Rua Peri Machado, 222, bloco B, 707
Menino Deus, Porto Alegre/RS
Brasil
90130-130

libretos@libretos.com.br
www.libretos.com.br
@libretos editora

Mario Pirata

CIO MA CIO

tankas / haicais / haikus / pequenos versos / inventorias

Porto Alegre, 2025

Libretos

palavra que soa
a cor voa ao redor

afora o estilo
a vida, menino
é puro desatino

a vida (uma coisa)
nos lábios da boca
um gosto de rosa

sonho e mel
(doce vida minha)
picadeiro de papel

pastel sem recheio
o sentido da vida
não veio

utopias ao sol
a vida seca roupas
no fio do varal

a vida passa
pela janela
eu passo com ela

duro dilema
a vida não cabe
no poema

vida de refugiado
coração cercado
de lado a lado

flor do silêncio
quero-quero risca
a pele do rio

algo que foi
sem nunca ter sido
amor tecido

asa palavra –
no pescoço do vento
colar de conchas

asa de vento –
a mão esfrangalhada
da tarde seca

asa molhada -
voa a fria geada
da madrugada

noite de eclipse
lua e sol fazem amor
estrelas nascem

(lua redonda)
o sorriso do mar
é onda

mar de agosto
a lua rebola a saia
o sol se aninha

dia sem sol
o calor da lua
é cachecol

a lua no cio
elefantes caminham
na beira do rio

a areia da praia
(iluminada pela lua)
sente-se amada

anjos da noite
lambuzam de luar
a laranja do céu

céu lindo
a lua pendurada
é um brinco

amor que chega
abraça e beija
louvado seja

amor assim
(imprevisível)
é precisível

coração dispara –
você sambando
no meio da sala

coração afinado
teu bemol me deixa
sustenido

morro do chapéu
pássaro volta ao ninho
rasga nuvens no céu

morro da tapera
o vento nas taquaras
a lua me espera

gotas de chuva
de manhã, arqueadas
as taquaras choram

a chuva veste
tua saia tua blusa
e te faz nua

carrossel na chuva
pulando gota a gota,
a menina brinca

cigarra cantando,
céu sem estrelas,
chuva chegando

a chuva esconde
a lágrima do bambu
caído no jardim

manhã de agosto
o bugio lava o rosto
na água do rio

manhã cedo –
andar na alameda
dá medo

manhã de sol
na seda do lençol
sobre a cama

manhã sem sol
a lua adormece
coberta de nuvens

escrevo, pronto
que pensam e digam
não muda o ponto

estava um rabisco
dormiu a tarde inteira
voltou a ser rascunho

polir o poema
retirar o pó breve
e deixar lindo

poema torpedo –
feito mão de criança
rasga o medo

noite de jazz –
a boquilha do sax
na tua virilha

noite caiu cedo
ficou pendurada
no folharedo

noite cheia de ais
barco em chamas
procurando cais

noite charrua
o lençol da lua
na pele nua

barco sem proa
tristeza do amor
que voa

apaixonado
barco em chamas
mar por todo lado

(olhar de safira)
pode nem doa
pode nem fira

a flor pousada
bambu enxovalhado
pássaro & primavera

flor abrindo
mais um domingo
sem te ver sorrindo

flor tatuada
debaixo da blusa
(a poesia)

(camélias)
caem elas no colo
da primavera

jardim de mim
cheiro de jasmim
e alecrim

olhar andaluz –
nuvens grávidas
de mar e vento

olhar fino –
dia de comer tainha
assistir al pacino

olhar de soslaio
lagoa onde mergulho
para ser resgatado

olhar de coruja –
seja bom o dia e nada
do que é seu lhe fuja

olho que não pisca
galinha que não cisca
poema sem isca

a barra da saia do dia
(c-o-s-t-u-r-a-d-a)
com o fio do teu olhar

o corpo samba
(ideogramas em chamas)
no lençol da cama

o corpo flutua
quando nua me olhas
vestida de desejo

a folhagem da palmeira
d-e-s-c-a-b-e-l-a-d-a
varre a calçada

ao revoar-se
achou o aviso:
au revoir

alguém acorda
ainda, para ver arder
a madrugada linda

(alma acesa)
labareda de fogo
no lençol da cama

aconchego
palavra cheirosa
poema ou prosa

ao pular do sapo
no lago, a velha rã
estremece e chora

a arte do arco –
o tiro cai maduro
feito um fruto

abracadabra
essa dor
um dia acaba

a coisa linda
(mesmo finda)
brilha ainda

ai ai... bonita
feito um blues
do buddy guy

a graça da praça:
as pessoas
praçando

coisa essa, certa:
o sol aquece o peito
pela janela aberta

carinho –
não há quem não goze
com uma boa dose

circo chinês
elefante pula corda
com cão pequinês

(cena de luxúria)
sobre a neve fazem amor
dois grous da manchúria

cheio de soro
saiu do hospital
feito um touro

digo e falo
melhor não parar
o galope do cavalo

dama de copas,
valete de espadas,
então, aí, topas?

estrelas cadentes
palavras penduradas
em teus dentes

encanto
por ti, meu amor,
eu canto

escândalo –
esse sonho sem asas
a flutuar nos olhos

fronhas azuis –
buquê de desejos
seios e sonhos

ideograme-se
caso não consigas
deita na grama

iansã guerreira
sacode a cabeleira
sobre a cidade

ivo viu a vulva
comeu a uva
lambeu o beiço

costurar histórias
luz acesa na lamparina
da memória

maravilha
na mesa, a lentilha
da panela da filha

notícias do brasil:
cobras no ninho
lobos no covil

no lábio dela
gosto de alecrim
ai de mim

nuvem vem
vestida de chuva
e nua vai

vexame na feira –
a alface deu um beijo
na boca do inhame

ora veja
o poder de fogo
da pequena carqueja

o sol desperta
e aquece o peito
pela janela aberta

sozinho
barco partindo
ou chegando

o canto do grilo –
nada é capaz
de feri-lo

os deuses mudam
o diabo é que é
sempre o mesmo

o gato me olha
debaixo da sua pata
a gata chora

o sapo coaxa
ao seu lado, a sapa
come bolacha

o canto esquisito
do pássaro no quintal:
dia bonito!

o bem e o mal
tua calcinha branca
no meu varal

não é o colar
que faz a rainha –
é a calcinha

pau nela
a poesia aberta
feito uma cadela

pássaro no jardim
cantando assim:
volta, volta pra mim

pássaro triste,
precisa de amor?
não, de alpiste

palavra pássaro
voa por ti, também
por mim, por fim

poema a dois
amor antes
amor depois

pele de seda
os pelos arrepiados
são antenas

palco vazio –
a palavra é rio
sem leito

por dentro
algo se rasgou
bem no centro

poesia da madrugada
ducha de água fria
cacho de uvas geladas

que viagem –
livro para crianças
com sacanagem

raio fino de sol
sorriso de menino
tocando violino

rituais
as máscaras caem
sobram ais

sol de domingo
passeio do caracol
no quintal

som de violino –
desatino de amor
dos bailarinos

sujo de batom
(ton-sur-ton)
feito bombom

sou curumim
lua conta-me histórias
sol cuida de mim

é muito louco
o nosso amor
todo prazer é pouco

(tiro meu chapéu)
a estrela cai
do céu

teu beijo doce
derrete na boca
feito sopa de capeletti

(teu sono)
pavios acesos
no convés do navio

teu riso
é concha aberta
enfeite de areia

tremor de asa
susto de passarinho
dentro do ninho

uivo de lobo
lua branca no olhar
do homem velho

universo
o poeta maior
fez um verso

um close
quem envelhece
não perde a pose

ruflar de asas
abraça o silêncio
e faz pousar

vão e vêm
ondas do mar
amor de um bem

anoiteceu
a noite teceu
o seu véu

a poesia fada
também rainha
curuminhalma

javalis nascem
na ilha
de java

levou um tiro
quando ela
tirou o espartilho

eu li no i-ching –
teu corpo de cerâmica
vem da dinastia ming

casal enamorado
na varanda, perfume
de lírio e lavanda

LEVA E TRAZ
a que a avó fazia
tem o sabor da canjica
que a filha faz

PINOCCHIO
um desatino,
o tamanho do nariz
desse menino

BARCAROLA
como sabotar
em mar aberto
ao coração náufrago?

ASSOBIO DE PÁSSARO
olhar no cio
conheceu o lírio
na água do rio

MAPA ASTRAL
enlouquecida
vênus usava saia
sem calcinha

a vida é assim
o que tem começo
também tem fim

eu gostei dela
ela gostou de mim

a gente chora,
naquela hora,
quer ir embora

lá fora, a vida
pergunta: agora?

teu sorriso
seja acalanto
mesmo quando

a vida te colha
sob o manto

o frio da montanha
é rio de cetim
cortando o vento

suspiro de gueixa
espada de mandarim

verso para violino
no olhar da menina
no riso do menino

fino amor
cristalino

flor pousada
no bambu
enxovalhado

pássaro &
primavera

a laranja madura
cai na água
mergulha fundo

mudo a ordem dos versos
mudo o sentido do mundo

lago fundo e longo
pele vestida de lamê
cisne de mallarmé

meu verso triste
(tatuagem e clichê)

alfonsina storni
alejandra pizarnik
ana cristina cesar

a tragicidade
voraz da letra a

amor doído
de soltar gemido
não faz sentido

melhor assim, perdido
longe de mim

a mágica na canção
dos beatles
e teu riso abrindo

o céu de chuva
feito um braço de sol

faunos ardem
nas labaredas vermelhas
e no piscar dos olhos

es/correm mundos
extraviados

espelho antigo
a figura de traços tontos
parece comigo

rascunho de linhas tortas
desenhado a nanquim

beijo de seda
chama & labareda
pendurada

um sorriso teu
rasga a carne do dia

ficar em pé
vezenquando sentar
para não cansar

deitar para sonhar
ou para amar

olhos apontados
no corpo tatuado
ao meu lado

a flecha quer
ser lançada

lua solta
no salão
estrelado

a mão da noite
no mar salgado

riso de sereia
na beira da cama
é concha de areia

manhã de sol lambe
a seda do lençol

poesialguma
desenhe o sol
no colo da lua

poemalgum
durma

olhar de/lírio
onde mergulhar
e adormecer

adorei
te conhecer

no seio da cidade
ramagem de árvore
seca e desfolhada

pássaros pousam
para descansar

versos correm
no coração domado
do pampa

armamento
& armadilha

amores recordados
prazeres recuperados
sabores revisitados

tratar com cuidado
aos pecados

aconteceu
amor teceu
amorteceu

depois
adormeceu

dia cansado
coração nublado
sonho fatiado

sem teu sorriso
ao meu lado

para quem
já foi holofote
ando meio toco de vela

mas ainda volto
a ser fogueira

lua com olheira
cigarra cantando
céu sem estrelas

chuva chegando
água na moleira

o bonito da tristeza
é quando nos abandona
ou é abandonada por nós

palavras dormem
silêncio ganha voz

esta página é sua, boa viagem!

Mario Augusto Franco de Oliveira, Mario Pirata.

Mario Augusto Franco de Oliveira, Mario Pirata, nasceu em Porto Alegre. Cursou Filosofia na Universidade Federal do RS. Participou de cursos na área de dança, teatro, música. Tem formação em psicomotricidade e recreação terapêutica. Fez parte da "geração mimeógrafo" dos anos 1970 e 1980. Vem se dedicando à educação, brincando com crianças, conversando com adolescentes e adultos, apresentando-se em teatros, feiras, congressos, praças, instituições, espaços culturais diversos com a sua "aula-espetáculo roda de poesia". Já foi patrono e padrinho em inúmeras feiras de escolas e estabelecimentos de ensino, assim como nas cidades gaúchas de Mariana Pimentel, Camaquã, Alvorada, Arambaré, Tapes, Gravataí, Triunfo, Estância Velha, Arroio dos Ratos, Minas do Leão, Sertão Santana, Anta Gorda, Santa Cruz do Sul, Rio Pardo, Vera Cruz, Canoas, Guaíba, Torres, Cachoeirinha, Chuvisca, Eldorado do Sul, Lageado.

Participou de inúmeros saraus e encontros de poesia com parcerias em musicais e peças de teatro. Realizou oficinas de poesia e criatividade, para o desenvolvimento da linguagem, poesia e linguagem, sinalizando o caminho para o universo da criação.

Tem 17 livros publicados, participações em antologias e publicações diversas, como as agendas *Livro da Tribo.*

Bibliografia

LIVROS INFANTIS

Os dois amigos, ilustrações de Jotha, Ed. Paulinas, 1996.

Bicho-Poesia, ilustrações de Jotha, Ed. Paulinas, 1997.

A volta do Bicho-Poesia, ilustrações de Jotha, Ed. Paulinas, 2003.

Um, dois, bolinho de arroz, ilustrações de Cláudio Martins, Ed. Paulinas, 2012.

Festaria, reunindo o livro de mesmo nome mais três livros de poemas infantis esgotados até então: ***A magia do Brincadeiro, O fazedor de balões*** e ***As minhocas também amam e mamam.***

Versos para namorar 1, 2, 3, com Sergio Vieira Brandão, Ed. SVB, 2011.

LIVROS ADULTOS

Ventonaveia, 102 poemas, para adultos e jovens. 2014. Edição do autor.

Feraflor, poemas, pela editora LARANJA ORIGINAL, SP, 2020.

Um pé-de-vento de nome Huá, desenhos de Sérgio Stein, Ed. do autor, 1981.

Calcinha rosa na cadeira de balanço, Ed. Tchê, 1988.

Cambalhota, Col. Petit Poá, Secretaria de Cultura de Porto Alegre, 1992.

A sala de aula da poesia, Com Sergio Vieira Brandão, Ed. SVB, 2011.

O cavaleiro da mão de fogo, Teatro. Ed. Mercado Aberto, 2004. Texto teatral para bonecos, montado pelo grupo A Caixa do Elefante, em 2003, com direção de Mario de Ballentti e músicas de Celau Moreira. (Troféu Livro do Ano 2005, pela AGEs (Associação Gaúcha de Escritores).

Poemeninos, Ed. Portopoesia, 2009.

Ikebananas, poemas, Castelinho Edições, coleção Instante Estante, 2012.

Uivo de lobo, haicais, edição artesanal especial, com Escola Porto Alegre EPA, 2015.

Mario Pirata

CIO
MA
CIO

tankas / haicais /
haikus / pequenos versos /
inventorias

Libretos

Livro composto em Ross Round Slab,
com 112 páginas, impresso sobre papel Avena
80 gramas, pela gráfica Pallotti, Santa Maria/RS,
em março de 2025.